地球にカットバン

宮内憲夫

思潮社

地球にカットバン

宮内憲夫

思潮社

地球にカットバン

宮内憲夫

目次

装幀＝思潮社装幀室

神の創りし最大の失敗物……
人類は、なぜにかくも横暴なのか！

地球にカットバン

宮内憲夫

人類《ひとびと》の終曜日

ウラン二三八より、猛毒が詰まる試験管の中に
一人で浮いて居るようで
底までが、耐えられそうにない
明日なんて、蓋をされて終わりだ
透明な管の向こうには
形に成らない粉塵の闇ばかり

おー手てーつーないでー
だぁーれもいないのに……
どうーするって？
シベリヤ帰りの兄のズボンを
断ち切った、だぶだぶの半ズボン

貧しくも、あの健康が懐かしい

子守唄も、母の鼓動に似て健在だった
鬼灯《ほおづき》色の、はだか電球の下で
漢字飛ばして読んだ、啄木と
白墨に石板の、幼い文字にでも
こよなく優しい夕暮れは
囲炉裏の四方をやわらかく包んで

稗《ひえ》半分、白米半分の弁当箱の中に
梅干しが朝焼けみたいに輝いて
だれもが同じの、遠足の山は
いじめも、ない歓声にあふれていた
大地も空もトンプク不要の健康で
明日って日に、足が着いていた

たかだか数十年の現代《いま》は、どう?

地球の巨きな傷口にカットバンなんて
だれが作った、処方箋？
泣いているのは、煤《すす》けた地球《ほし》だ
貧しい心の衣服で、空洞の人類《ひとびと》よ
明日は必至の、終曜日です！

それだけの事実《こと》

午前五時、散歩の農道中央に
奇妙な卵を一つ見付けた
全体が、うろこ状に覆《おお》われている
松ぼっくりか、タマゴっち？
一枚二枚と剝がしても
後から後から、又うろこだ
気味悪くなって道に叩き付けると
いきなり両目に二枚が入った
激痛の稲妻と、豪雨の涙
とたんに目から、うろこだ
視界は前後左右の三百六十度
右も左も独立で、自由自在の

カメレオン、あるいは
不可能なしのナポレオン？
二日酔いなんかじゃないはずだが
とにかく宇宙が、隅々まで見える来怒哀落？

泣いている。確かに
泣いているのが見える
ありとあらゆる傷口から
猛烈に吹き出るCO_2の微粒子に
空が、海が、大地が
地球まるごと、溶けそうだ
弛緩した傷口が
やにわに収斂する時期《とき》に
勝手放題に食い散らかした後の
空手形に押す、人類の
シャチハタなんか、お呼びじゃない
どうすりゃ良いかって？

俺に聞いて、どうする
俺に見えるのは、たかだか六十余年の
真新しい過去だ！
物は無く、貧しかったけれど
形になる物だけを
今のように、追いかけはしなかった
付けはきっちり払い
物は大事に、ゴミは微量で
朝日夕陽、水に風も優しい角度であったと
ただそれだけの、事実《こと》さ！

文句、ある？

一人では生きられないかも？
たとえば、宙ぶらりんで
作られた形だけを追いかける
そんな生活と馬体を合わせる
競争なんてしたくはないが
夜になれば、寝る
朝が約束どおりなら、起きるが
同類なんかじゃ、ない
俺は、俺だけの土をたがやす
汗の中に、トレードマークを持つ
泡の中の奴とは、一緒じゃない
それが、悪いか？

出欠のご返事を同封の葉書にて
そんなにも、急かすな
締切日は、遅かれ早かれ
ある日、突然に届く
誰にだって在るのだから
その、借命日までは
俺は、俺を食って生きるだけ
他人《ひと》を食い散らかしては、断じてない
水の詩《うた》、火の言葉、風の伝言
なつかしい、遠くからの
美しいカーブが、好きなんだ
どこが、悪いか?

一人じゃ、生きられないけれど
迷惑な、意地は通さない
言葉巧みに、ぶんどらない

ひたすらに前を向いて行くだけ
日々の朝日、夕日は
何も、ねだらない
母音《ぼいん》の優しさで包んでくれる
日曜日の次は月曜日
お決まりが、はぐれるまで
届いて欲しい、魂の手紙
愛する、定形外であれば至福だ
文句が、あるか！

一本足の魂

生臭い唾液の海を、水泡のわらじを履いて
走りまわった鮫の姿で、疲れが現れる
垂直の蚊柱が立ちはだかる彼方に
ただれた夕焼けの鬟を闇が包み込んで行く

破る事だけが目的の、はしたない約束どおり
夢見の悪い不眠の夜に羽交い絞めにされ
なけなしの魂までも、もぎ取られて
手足ぶらりの首吊り人形が朝を迎える

昨日の名前を、消される為の通勤電車で
すでに全身金縛りの憂き目は、澱み

熊手の欲望だけが露払いをする空間に
食いかじりの吊り皮が芯を喪失している

各停ごとに、撒き散らされた虚のドラマは
迷い道のままにして、また帰路に就く
鶴が一本足で眠る夜の深みに絡む秘密に
まだ誰一人として、気付いていない！

天地の悲鳴

風の王よ、水の母神よ
岩屋、祠の女神たちよ
いったい、あなた達は
どこにいってしまったのか？
千八百余年、他を犯さずに生き抜いてきて
天と地の仲立ちを成してきた
この、大杉をうちすてて………

今、私は、石徹白《いとしろ》大杉の
この巨大な胸にいだかれて
打ちふるえながら
その心音に、必死に耳をすます

大杉よ、あなたの声を
言葉を、ききたい！
過去、未来を通して
村の盛衰を知っている
立証者としての
あなたの芯音、その肉声を………

耳をつんざく静寂の嵐の中
私が、今しもあなたのもと
そこを立ち去ろうとするその時
突然、地中を這う
十七年蟬のような声がした
〈人類は、なぜ、かくも横暴なのか？〉――と

振り返れば
沈黙する石徹白大杉、一本！

だが、たしかにその時
私は、あなたの
悲鳴にもにたその声を聞いたのだ

＊一九九四年一月、ＮＨＫテレビ、日本まんなか紀行〈太郎左の国の物語より〉大杉の詩として！

冬の蝸牛《かたつむり》

とほろん、とした冬の太陽
さむいと一言、独り言
猫背、もみ手で庭にでる
両膝抱いてかがみこむ
八つ手の根方に、五重丸一匹
自らは目に見えぬ分厚い生の曲路のためか
いまにも溶けるようなのろい歩み
だがその肉闇を包む非在性こそ
知らぬまに、割りふられた
小さな小さなデンデン家である
そこさえも脱けでようともせずに
生きて…………おる！

無恥な卑俗よと罵倒できるか？
その、あきらかな限界を嘲笑できるか？
ごらんよ！
すでに俺達の意識を越え
己、自身の肉性と精神を
ひそかに形どっている
〈なにものか〉を
掘りかえされた木の根のようにして
〈たしかめ〉ようとしてか
あるいは〈神の朝礼〉を聞くためにか
蝸牛は、いま
うつつの寒気をものともせず
巨大な闇の舌に
じかに、触れようとして
せつなくも、光り輝く痕跡をのこす

沈黙の冬

一枚のさびしい　絵葉書の姿をして
白百合の花びらがほろりと落ちる
死に馬の斑紋模様の北風が吹いたのだ
女の四季が終わる　秋であったか？

人形の乾いた　匂いのない目に写る
レイチェル・カーソンの悲しみの声
鳥も鳴かない晩冬歩荷《ぼっか》*の後ろ姿にも
春は再び　くるのでしょうか？

こんな手間も要らない機械百姓の時代にも
若いもんは帰ってこんと……

悲しい馬の目をした老人がつぶやく
こうしてまた　一夏が過ぎてゆく

額縁付きの四季を出られないままの日々
増える老人の　すり減る余生に
蟬二十日　螢三日の便りがもうすぐ届く
雑草の波頭に浮かぶ墓石に赤とんぼの〒印

時代に丸め込まれて　終わったのですよ
鬼百合の葉書は　まだですか…？
黴の生えたお供え餅と　鴉が遊んでいる
男の秋も終わり　すぐ沈黙の冬ばかりです

＊歩荷　荷役人夫、主に冬場のアルバイト

私製のパスポート

私の中を流れる川は、常に蛇行しながら
故里と言う、苦境に向かい遡行する
すでに、放念の辺地に何が在るというのか?
藁靴の底にしもやけの指達は感覚を失い
突き進む方向を拒絶していた

凍て付いた雪に、しがみ付く爪先から
うっすらと滲む、やわらかな血筋
少年の日に屈辱を背負った歩荷の日々
ただ、貧しさだけが生を引きずったのか?
まだ口臭もない幼きたそがれに

四季を通じて流れる川は、苦役の荒波だけ
父を呪い、母をさげすむ時間の栞を
密かに、手渡す人の一人も居ないままに
放課後の理科室に生身の標本と成って……
全身にホルマリンを浴びていた

流れる川は、水清き九頭竜川ではない
私を殺した、屑《くず》流川と言う狂流だ
再び荒波を立て、遡行する妄想を断ち切れ
放念の大地に、我が墓標は要らぬ……
借命と言うパスポート一枚でいい！

絶望忌

鯉だって
恋をする
狸だって
狸寝入りをする
熊だって
死んだ振りをするが
平和を守り
自然に生きる
猿まねもできない
現代《いま》の人間たち

ましてや……

悪部君のテリトリーでは
何にも、できない
蜜塚に立っても
可当の策はなし
福祉、払拭の悪役と道連れの
消費税、八パーセントだけが
光り、輝いている

今や、悪部君の頼みは
他力の他党叛願《たとうほんがん》も必要なしで
孤立無援の白道《びやくどう》にただ独り
取り残されて、影もなし
名《な》無《む》痾《あ》身《み》惰《だ》物《ぶつ》！

無恥図の物語

何が、在った？　で始まるのは
浮き、沈みもありますが
とても、つまらない、大事件です
関係する？　しない？　の処で
話が着く事ではありません
地下鉄と市電につながる
レールの、問題でもありません
残念ですが、解答は隘路《あいろ》へ……
未来永劫に続くでしょうから

裸足で、教会へ入らないで？
神が素足で歩いた昔は、振り分け

毒枯れの小枝に止まるのは
どんな小鳥でしょうか?
腹ぺこの貧者の入れ墨には
夢の終わりは有りませんから
それだけが救いかも?　なんて
履き違いの、凍土に残立の
寒村にも語るべき事実《こと》は有りません

健全だった地球の肉体を
限りなく　むしばませて行く
その九十パーセントを
人類の、無意識が占めている
巻き戻しの効かないビデオから
過《か》つての、懐かしい地球《ほし》が
良き、共存共栄の時代を語り
ここに、日付けの無い物語は
遠い、彼方で終結に近づくのです

掛けられた、謎なんて有りません
何が在ったのかの、他人《ひと》事ではなく
自然への、純粋な添い寝で
目立たないように、生きる事です

あなかしこ

西に向かって、惰性的に歩いていたが
途中、ハッとして立ち止まる
何か頭から足の先まで奥に閊《つか》えているようで
黒い卵の二つ三つ、脂汗と震え堪えて
思い切り、放《ひ》り出したい思いがした
尻の穴から青空を見たい！
そんな少年の想いの蝶番も
肉体の襞から、定番落ちでころりと外され
年齢《とし》と言わんばかりの捨て石を
ピタリと東に打ち込まれてしまった

少年の日に、光り輝いた黄金のクロス
あの懐かしい四っ辻の北も南も

すでに、何者かの手に依ってか?
あるいは、俺自身のもう一本の手でか……
終わり無き、かくれんぼの窒息死で
だらしなくも弛緩している
夕焼け、おおやけに日が暮れて
その先は見えないから
この先は奉公無要の方向音痴

ひょいと、見上げる西空に
たまさか、老いぼれ月が腰をかがめて
じっと俺《おい》らを見つめている
月に雁、仮染めにもだが?
永いか短いかは別問題として
互いに、命持ちには変わりはござんせん
計画嫌いで押し通した細身でも
大地の肥料《こやし》にもってこいの日までと……
かるく、後ろ手を振る!

同行二人

すでに、秋風は異郷の便りを運び終えたか?
両頬の粘膜に、執拗に絡みつく毬苦《いが》さ
振り切る決意が未完のままだと
静脈瘤に完全包囲された
くるぶしまでが右に左に嘲笑《あざわら》う

愛用《この》帽子を目深に被り、サングラスを掛け
あなたの客人に成りすました姿《かたち》で
いま一度、根後《ねいご》の山を見ておきたいと……
鮎川さん、貴方の魂を双肩に
同行二人、石徹白帰りの〈難路行〉*です

軋む雨戸のすき間から、のぞく白目に追われ
目指した空に、弛緩した不様な意志《こころ》と
何一つ持ち帰るものの無いままに
車の王道に身を縮めて歩く
約束の、賞味期限が切れた彼誰時《かわたれどき》です

静謐な闇間を伝う、細流《せせらぎ》を聞きながら眠る
かって、崇高な精神で見つめた山を
天の川の岸辺から確認して下さい
余所者と成って疲れた一個の肉体が
早朝の檜峠を、人知れず越えて行くまでに！

＊石徹白　私と、鮎川信夫の郷里名
『難路行』　鮎川信夫の詩集題名

笑い街

とにかく　筒っぽ抜けに明るい
気味悪い程の　この街だ
赤レンガの壁にそってつづく
黄色の大きな矢印がある
その建物の角を曲がると
突然　巨大な広場にでる
そこでは群衆一人のこらず
思いの丈をこめて笑い合っている
「俺には笑えぬ　理由《わけ》がある！」
黙ってすんなり通り過ぎようと
ツーッと五、六歩来たところで
二重《ふたえ》三重《みえ》に取り囲まれた

いっしょに〈笑え〉と言う
笑えないと目を伏せた瞬間に
いきなり！
暗く冷たい鮫の目よ
悲しい深みの魚の目よ
宿業ばかりの蛇の目よ
感情無量の鶏の目よ
下の見えないヒラメの目
痛い目　辛い目　憎しみの目
欲目で積めの乾いた目
爪の先にも届かぬ目
死ぬ目　境目　見えない目
阿呆目　馬鹿目このたわけ目と
目いっぱいに囃したてる
懸命に笑えない事実《こと》をこと細かに
声をふりしぼって話したが
彼等は前にもまして大声で

実に　快感込めて笑いつづけた
放心のまま見上げる庁舎の屋根に
この街の　大スローガン……
「他人《ひと》の不幸に勝る喜劇はない！」

地球《ほし》の未来図

薄日さす午後三時の防波堤に
気紛れな釣り人が置き去りにした
釣り餌の腐臭が鼻を突く
海のつま楊枝？
その防波堤に波の噛み付く白い歯
何を笑っているのか？
優しい歯磨き粉の砂浜が無いと
怒っているのだろうか？

勝手にしやがれの捨て台詞《ぜりふ》が
未来を噛みきっている
そう、遠くはないはずだ

アリ有りと、結果がでた！
体中ネジだらけ、陀羅尼助《だらにすけ》も効かない
目鼻もないネジでできた人間の形に成った
身動きできずに自らの重みでたおれると
ベルトコンベヤーで運ばれ
巨大な上下のローラーに依って
一枚の鉄板人間にされ
親方の勝手な寸法に切断されて
街に、出荷されて、しまった

されて、しまった、一枚一枚の私は
あらゆる場所で、再び
四方八方、ネジをねじ込まれて
固定されて、しまったから
もう、ねじ切る事もねがえりもうてない
街のあちらこちらで色々の形に
されて、しまって〈しまった！〉私が

この世での最高の拷問にたえきれず
虎落笛《もがりぶえ》のような悲鳴を上げる

すると、はたして、案のじょう
——おかしいね、たかが鉄板なのに——と
お金持ちの、人間管理者どもが
コロコロと朗らかに、笑うのだ！

余白、無し

何でもない処から、何でも今は始まる
その、一見何でもない処が売る程あって
何でもない所じゃないと解って
初めて一行を歩き出した
微震のような不安を道連れに

案山子の思想を語る朝焼けの中で
薄霧のかかった川面を小魚が脱ぎ捨てた
丹田のあたりに渦巻く波頭の不快感を
あいつのようにすっぽり脱ぎたい
死ぬと書いても、死ぬほど困らずだらだらと

老夫妻、リストラ中年、脂ぎったおばはん
何処からか沸いて出たような人々が
あちこちで歩いているが、大丈夫か？
簡単に考えている平安なんて……
崩れる時は、ちょろいもんだと解るかだ

寝起きに、いきなり梅干し食わされたように
何処かで、誰かが肛門を引き締めた
余白無し、あなたのそれは正解です
私も、これからは肛門で考えて生きます
この、とてつもない不安の広がりを！

万葉慕情

けぶるように湧き立つその静かなるもの
夢の中の紫をおびているやわらかなもの
あるいは少年の希望のような鶸色の遠景
なつかしく浮上する無数のその気泡雲よ

太古からの声なき声のいとしさで
余韻の律動を伝いくる、ふるえよ
明け方の薄闇をするどく切りさいて
光り輝く純白の田打ち桜の慕情よ

白梅におう梢から祖母の小さな肩先へ
七色の蚕糸の歌声からませて

やさしく舞い降りた一羽の鶯影《おうけい》よ
たかだか半世紀に遡行する今は幻の風景

大地の体温をそのくちびるでたしかめよ
星に耳をすましてその原因《いわれ》を問え
天の川を金属の魚が泳ぎ回る以前《まえ》の
美貌に輝いた、かつてのあの物語の原型を！

いかなる根拠で、かくも人間たちは――
横暴になってしまったのかと………

朴落葉の上の根雪も解けて
小川の細流《せせらぎ》が光り輝く北国の春まだ浅き
地道に匂い立つ祖母の子守唄のような
あの、万葉からの春霞に…………！

定まる、年月

勝手にやって来た定年と言うものは
考え様に依っては、実にひまだから
暇に明かして、海を考える――
なぜに、海なのか？

この国は、四辺を海に囲まれて在るのに
こちとらの生まれた故里《ところ》には……
海が、無いからだ
産みの親さえ、海知らずだ
まったく、海にあこがれる！

海とは一体、なんぞや？

雲と水とが抱き合う処だろう
水は自然の器にそって
高い所から、下へ下へと大名波だし
雲も又、上から下に惚れ込んでくる
そこで、抱き会うと
その上に、青空だ
どこが水平線で、どこから雲平線？
運命線も、かすんでしまう
その辺りからか
考えが、ややこしくなって………？

海の青も空の青もガスって
混じるあたり
一葉の笹舟にのって
漕ぎ出せば、出すほどに
小舟は反り上がっていって
空に、浮く！

上の空で、迷った小舟は……
こちとらをのせたまま
一羽の雲雀と成って落下する
その、落下場所が
海《う》、身《み》、落としの故里《ところ》だと解って——！
解ってきたところで
別の、うみ、の意味を考え出す

人間の海の、膿だ！
これは、もう……
想像《かんが》え出すにも、際限《きり》がない
腐った奴ばかりが無限だから
膿でる、産み出る——！

あきらめて、外を見ると夕焼け
他愛のない、ものだ！

約束

大きな自由を戴きにいってきます――と
そう何度もつぶやき、檜峠に中ノ峠
茶屋峠と三つの美山を踏み越えた

途中、峠の地蔵が焼きするめのように
反り覆って笑っていたのも気付かぬまま
青尻の幼い放恣の足どり軽く
額縁付きの四季をおよぎ回るだけの巷へと

正確に、自分を食べて行くこと。
わがまま一言ゆるされないままに
残さず、自分を食べ尽くすこと。

いまは、水の一滴一滴がいく万本もの
針を通す程に澄んでいる故里《ところ》をすてて
区切られた不幸な風の中に立って居る
一日中、磨耗しきった空気を吸って……
ゆるされてあるのは前進のみという
うすっぺらい一葉のシンメトリーだけ
そして、水っぽいコーヒーの夕暮れとなる

〈俄に焦りを感じるのは何のためにか?〉

若葉の裏から病んで行く一人、一人に
虚構を構築した、主軸は見えないまま
夢みた、大きな自由という……
かぎりない、不自由の中にて老う

巨大なコンクリートの森の果てでは

余命いくばくもない小さな森林たちの喘ぎ
招待状なしでも、きっと
来るよね、却末七祭？
刀兵災、疾疫災、飢饉災、震災
火災、水災、風災の続祭イベント

荒ぶる自然を作り出した私たちの日々には
あらゆる死種の花粉の洗礼と不毛が似合い
何十億光年の時を経て
やさしくもこの星が蘇生する
その日に、あなたよ喫緊の約束を――

再び、人類を創造《つく》るな！
神《あなた》よ、私を、作るな！

紫の馬に乗る日

暁天に威徳寺の鐘が鳴る
それを合図のようにして
天空の巨きなる人が……
幕を引き上げたのか?
いきなり霧が晴れた真向かいに
真新しい、御向山《おむかい》が現れる
病める魂でも
まるで洗うかのようにして……
どこかの家では赤んぼうが
いきおい、産声を上げるだろう
青空、そよ風……そして
花々のささやきの中で——

まだ、だれも乗っていない
舟形の雲を、独りみている
さびしい、その空船《から》は……
どこに行くのかだれも知らない
光の移ろいの中で
廃船になるのが悲しいよと
泣く子がいる……のかも?
知れない——と、思いつつ
花火のはじける一瞬を
考えている……焼朝の一刻《ひととき》
何もかも、シュワーッと消える日は
だれにでも纏綿する通有だから……

この、言の葉一枚をどこに
折り込んだら、一等なのか?
すでに、鮫の目をした人々の
日常の折り目には映えるはず

白鳥《しろとり》町、石徹白《いとしろ》の、両「白」も抜けて
里の川も汚れて泣いて走るいま
いつのまにか人情からも
温かいにおいも消えたようだが……
思い出させてやって下さい
旅する詩人たちよ！
枯葉たちの飛び交う
あの、やさしい音階をも
狂わせてしまった、その日を……

勾玉の白雲にのって
紫の馬が一頭天空をめざす
だまって、だれもいない
内縁に立って、みている……
テレビの画像をはるかに越えた
神が創造したアニメが――
青の時代をおき去りにすぎてゆく

恥色の時代も、もうすぐ終わる日に
私を、紫の馬が迎えにくるだろう
人々がいっせいに溶ける日から
自然は快復する、約束だから……！
威徳寺の鐘は鳴り止み
早朝の内縁に約束の影が、産影が……
うっすらと、立っている

神さまの忘れ物

車を止めた無人家の駐車場から
外庭の石畳み……
この家のまわり一面
右も、左も、背戸の雀の踊り場まで
意企ふみこえた、たくましき
雑草のうねる波頭――だ

部屋という部屋から
仏壇の扉までも開け放す
乾天の青空に向けて
串刺しの二十余組
ありったけの布団を干す

ポッチャン時お釣り避けの
ちり紙を、御不浄に撒く

久方振りに厨《くりや》にさしこむ光り
蜘蛛の巣払いから数日は
家人不在の館を的の
絞め殺しの雑草どもを苅る
蔦、萱、蕗に歯朶
薊や白詰草の、花にも嵐！
無情のめった、なで切りにする

暑さのがれの八衢の身勝手
俄か百姓のなれの果ては
顔、首、手、足と
ものの美事に赤銅色
正直に、太陽に
さらけだした、ところだけが

褒美の、新しい
皮膚をもらって、輝いている

衣服の下の隠し絵的
青白い肌に巣くう
欺瞞の地綿《つた》が根深く
はびこるのをも払拭できず
立ちあおぐ青空に
ぽつんと、はぐれ雲ひとつ
ああ、まるで……
神が、拾い忘れた～
　男の、魂のようだ！

出口を見る

真っ暗やみ　なんて言うけれど
にごった目で見なければ
意外と　明るいんだ
闇の持つ透明なカーテン

光りが　密かに隠し持っている
深紅の巨大な広がりこそ
不明な　恐怖の翼だ
久遠の彼方にも扉はない
細流《せせらぎ》の衣に　包まれてねむる
闇の優しさ柔らかさ

鴉色の　子守唄だろうか
産毛を軽く揺すってくれる

闇と光りの　二河白道《にせんびゃくどう》の狭間で
淋しくなんかない
戸籍は　仮の不要物
鬼籍の笹舟に乗せればいい

出口の北は　そっちだったんだ！

単身不任

身一つが　後生大事の忘れものでも
にわかに捜しにいくようにして
いそいそと　身支度をする
酒に米　塩昆布　塩鮭　梅干し　素麺
夜具でも積んだら　まるで夜逃げだ

まったく海外旅行にでも行く様だと
妻の苦笑をバッチリ背中に
気がつくと　やけに荷物が多い
お出掛けですかと　近所の声に
ちょっと避暑にと……格好よく
ハンドル握ってただ一路の単身不任？

途中は退屈だけの無言の話　着いた所は
動かざる山々に抱かれた無人の一軒家
緑の中のはざまをぬって流れくる
細流きいて　うっとり眠るが……
夜毎　夢枕に立ち現れる貘さんに
夢判じもなく　夢を食い尽くされての
なんとまぁーその単調の日々よ

半月経って少々不安が顔を出したが
片目つぶってじっと我慢の児で通し
一月経ったその朝になると
もうーお帰りですかと……
またもやいらぬ近所のお声がして
こんどは私の不安顔を見抜こうとする

不安の種　お金が底をついたからかと

そこを突かれりゃシャクだから
愛想笑いでごまかして……
またもやいそいそと帰り支度だが
来たときよりも荷物が多い……？
土産の生物　干物　安物　洗濯物！
ごきげんよぅーと言ったとたんに
後生大事の　忘れものを
思いだしたような気がしてならぬ
ここに居るだけで……
実に不思議に在るもので
帰る所には　かけらも見当たらない

この安心と言うものは
いったい何なのだ……？
持って帰りたくても　土産にできぬ！

原拠喪失

そう、糸の切れた凧のような
そんな、旅なのですね
今の、あなたの旅は……
一寸、不安も道連れかも知れませんが
それは、それで
座席指定もなく、切符も不要
時刻表に急かされもせず
天上の席から見降ろす
陽炎のような私たち
流れゆく時の波間に
浮き、沈む、しがない運命《さだめ》の舟人
その、切ない仕種を

うすく、笑っていらっしゃるでしょう

火葬場の天空を鋭く鳴き裂いた
あの、かけすも今は新宿住まい
野鳩は、新橋駅前に
すずめやひばりは日比谷公園
雉子に山鳥、雷鳥は
そろって、皇居の森へ移り住んだ
そのうち、あのアフリカの生地をすてて
象もキリンもカバさんも
銀座に店をかまえるだろう
カバのママさんの店へ通いつめる
馬鹿な客もいるでしょう
酔客目当てのしま馬の厚化粧？
みんな故里をすててしまったが
彼等にも今日は今日の夕方を
きちっと、着る予定はあるのです

そして、今も
天気予報だけは気にしています
すっかり、すすけた月の下で……

河馬に成る日

昼酒に酔って、歩いているうちに
何とはなしに、友と動物園に入った
突然、動物〈園〉と言うのも
なんとも、おかしいと思った

河馬のあくびをみているうちに
こちらにも、ねむ気が来たのが
おかしくって、おかしくって
ただ笑いころげていると
友が、何がそんなにおかしいと言った
ただ、おかしいのだと言いながらも
ふっと、俺達のまわりに囲いが無い？

それが、おかしいと言ったら
友達は、おかしくって、お菓子食って
おなか、ポンポンと腹をたたいた
馬鹿っと彼をなぐりたおして
そのあと肩組んで歩いたが
トラにオオカミ、こひつじこやぎに
バンビまで一様にしての死傷眼
この一方的〈囲い〉に対して
おこりたくて、おこれなくて
くやしくって、くやしくって
体中もう、プンプンのプンだ
徐々にけだるく酔いが醒めてきて
友ときまずく別れたのち
おかしい、と言うことは決して
笑ってすまされぬ事実《こと》だと解った

涙の出るあくびだけが、囲いを越えた

予感酒

なんとも、馬鹿げた事ばかり
自然破壊、自然破壊と言っているのだ
人間なんて、生まれた時から
自然と戦い、破壊してしか
生きては行けない、運命なのに……

〈少々、なるほどと思えた〉——が？

なにを、馬鹿げた事を言う
これ以上、自然を虐待し続けたなら
人類の、あわれな末期なんて
そう、先の事実《こと》じゃあーない

〈確かに、なるほどと思えた〉――が？

突然、となりの男に肩をたたかれ
あなたは、どう思いますかと聞かれて
まだまだ、なるほどと言う程の
言葉が、みつかりませんと言うと
なるほど、と簡単に言われてしまった
思わず、ひやりとして
燗冷めをズズッーと音立てて
すすりこんでいる

薄髪《はくはつ》時代

もぐらもちの力もちさんよ
そこを　どいてくれませんかーと
草を抜いている昼さがり
いきなり　蜂に刺された！

俄か百姓の横着さの災いだ
なんで　蜂をうらめようか
些細な作業の積み重ねこそ
それが生活《くらし》　生きるという証しだ

山霊　木霊の鳥肌立つざわめき
それを尻目にする人間と言う

冷酷で　非道《ひど》い代者《しろもの》の時代だから
薄運《はくうん》とでも　言えましょうか？

若き世代たちが放棄した土から
雑草を引き抜きながら
やがては彼らの頭からも徐々に
毛は髪走して　更地を残すだけだ

〈皆が程合いを知り生きるしかない〉！

刺されたところが腫れ上がる
その愛しいふくらみを撫でる
風にうながされて上げる頭の中
荒波が　薄髪を逆立てている

老い凧の明日

夢遊病者のままに　飛び込んだ故里で
饒舌のあと　いきおい強要してくる
苦い沈黙が細流に混濁して行ったあと
からっぽの男を独り　夏座敷に残す

方向知らずの　笹舟に乗るしかない
手枕で睡魔の艪をこぐ　昼下がり
さぶい時のながれを森が唄っている
過《か》つての少年の居場所は何処にも無い

三つの峠を越えさせた　魂の帆柱よ
悪夢の希望を孕んだ帆いっぱいの凪よ

いまは産毛の毛穴深く沈んだままで
リピートの効かない時間にうなだれる

桑の実　茱萸《ぐみ》の実　鬼灯の代わりに
乾いた麻糸　口いっぱいにねじ込まれ
棒で目を突く　村《ここ》の様変わりに追い越され
二本足の案山子が意図なきままの老爪だ

太子の森からの　追い風もない……！

不明の村

たまさかに　挨拶を交わして通りすぎる
真昼の下の　小さな村の四つ辻は
軽く浮き上がった　死体の白さであり
四方を緑に囲まれた中に孤独のまま
あおむけにされた淋しいクロスの姿だ

蚊に喰われた　夥しい跡の素足もなく
洟垂れ小僧の姿も何処にも見当たらない
農薬《くすり》に追われて小鳥も虫も都会へ移った
余命に背中を押されて生きる老人だけが
ほろほろとのっぺらぼうの道をゆく

あんたがた何処さどこ行くさと　くどく
バック　グラウンド　ミュージックが響く
総指揮者は白山山麓の　森林や森の川
一時の汗のがれが万辺なくほどこした
あとさきなしの　こよなく美しい風景だ

一言の　予言の棒も突っ込めぬままの
よそ者にされた男には　涼しい風姿だ
誤りの後の進歩は　もう村《ここ》には通用しない
己惚れだけが肥大化した　貧しい廃村が
人恋う　蜃気楼にもなれないままに……

歴史にのらぬページの上で　泣いている！

慣行

翼をもたない鳥に、つばさの夢を
思いださせた事実《こと》が、あるか？
晴れた日の洗濯物のひらめきに
あなたは、あなたの夢をもたせたか？
空の広がりに、たとえ一瞬でも
真青《まさお》の死を、抱いた事実があるか？
無という意志を、空想した時があるか？
馬鹿のひとつ覚えのようにして
石垣直角のままに勤務地に向かうが
家族とやらは、皆勝手に散って行くばかり
それが、この時代を生きる
自由の、広がりといえるのか？

まぶたの裏でひとしずくの涙が生まれる
だれにも理解されない、しずくの流れ
悪夢のようにして、すぎてゆきました
いまは、君も私も一様にして、白装束
胸元に、獣払いの刃を光らせている
その意味は、実はやさしい獣どころか
人間共に、限られている事実《こと》も知らずに
ふんどすこ、ふんどすこ生きて来たのだ

ひとつ覚えの、恐さである！

生き案山子

ちぐはぐの嫌な夢を見る
故里への道を行くのに似ている
発酵した肉体からにじみ出る汗は
血膿みの臭いだ
先細る空洞、窒息寸前に目覚める

笑いながら……
再度見直したい夢などひとつも無い
前世の悪行が鉄棒に成って立ったとしても
俺の責任《せい》ではない
一時の間を置く、消去法も知らぬ

掛けて足して引いて
挙げ句に割って見たところで
答はマイナスで笑っているだけだ
成るようになれだ
その窓を探して、叩き続けるしかない

終わりのない悪夢なら
死ぬまで眠り続けるしかないと
短絡な自答に困憊して泥酔の果て
ちぐはぐに醒める
最悪の朝焼けに、生立ちの案山子一体！

クロスの背泳ぎ

恥じらいを背にした姿のバッタ泳ぎで
正直に少年性を、生きて来たと思う
死語、その〈正義〉を守るが仇《あだ》と成り
貧しい日々の明け暮れでしかなかった
晩秋の無縁仏の墓場に一人立つさぶしさ

太陽に顔一直線の背泳ぎがしたいのならば
都度、最高の悪には黙って目をつむれ
忸怩《じくじ》無き、あの破腹の笑みよ……
全てを抜き盗られたガスボンベの横倒し
赤錆誘う、夜露にからめとられて

どす黒くただれた、あの朝焼けが
もんどり打って悲鳴を上げるその時
馬のいばりが虹を作る一瞬の彼方に
若い皮膚を着たまま老いるなんて
はしたない一日なんて要るもんか

そこの人、ふんどすこふんどすこと
まともに生き急いで何に成るったって
もう〈どうでも、いいのです！〉
硬直寸前に夢の欠《か》けらを見るくらいなら
死と言う定めの双手《もろて》と握手を交わすだけ

来れるものなら、此処まで来いと
裸木の林床に一本倒れの、どですこーん
顔に太陽、晴れて生涯一張羅の
十字架《クロス》の背泳ぎ、見せてやる！

セピア色の習性

人生習慣病の遅い目覚めで窓辺に立つと
外は音も出せない気弱な小雨
じんわり、粘り付くような降りかただ
春雷と夫婦の豪雨なら好きだが
出し抜けに逆流する胃液の苦熱《にがあつ》さささながら
ふいに、背筋を通り抜けひやりと止む
季節はずれの桜の根に寝るきつねの仕業
嫌な奴、俺そっくりだから外に出られない

丹田からも、肛門括約筋からさえも
今のところ、外出禁止令は受けていない
ふたたび煙るささめごとの雨を通して

艶やかに鮮やぐ、そのやさしさ
新築工事現場に横倒しの濡れたガスボンベ
怨みも敵意も持たない孤独のしずけさ
せめて我が体温なりとも思い切り吹き込んで
やさしく、抱きしめてやりたいのに
ねざめの悪い怠惰感が俄か芝居で足萎える

親父《おやじ》とおふくろの遺影を裏返しにして
朝湯、朝酒、めざめの昼酒
皆勤晩酌きっちり飲みたおし
夜中逆流する胃液が枕カバーを茶色にする頃
この粘り雨は星空に変わるだろうか
賞味期限切れで一昨日の残り物のような
薄月を一枚、東の空に眺めながら
足止めを払いのけ闊歩出来る俺の明け朝は
不渡りもなく確実に届く可能性は在るのか？

普遍の愛

薄闇と斜交いに　長い夜が明けてくる
ここが　何処だというように……
子守唄だった細流が睡魔をけちらし
忘れ物まがいの星粒をひとつ西空に残し

明ければ明けたで　絡みついてくる
いまは余所者の赤恥付きのレッテル
飾る錦はないが確かな眼を背中にして
未来の見えない人々の足元を見て歩く

一見堂々として　精神が痩せおとろえた
みすぼらしい我が産土を踏んで

粉々に散りさらばえる希望を重ね
不動の山河　天地の再生を密かに願う

不眠の約束を強制するのは此処だけか？
他愛ない人間の放恣がつづく限りは
この星の何処もかしこも似たり寄ったり
遅かれ早かれの運命《さだめ》の先を見ない限りは……

為す術を知らぬ　悪夢を見る前に
意味なき郷土愛を捨てよ
全世界を　この惑星《ほし》をこそ愛せよ！

放下《ほうげ》*在りて

パンとヨーグルト、無花果一個にコーヒー
これが、朝と言う目印らしいのだが
いつの間にやら、俺は無印
みそ汁、納豆、めざし、目玉焼きが無い

天下の流れは、産業廃棄物と言う定年で
大きく変わってしまったらしい
捨て場に、困っているのだ
喋って口害、寡黙を通して、又も口害で

風に遊ぶ洗濯物の、柔らかな姿勢で行くか
とほろりと、散歩に出て行く手を打つ

俺が、弱って来たのではない
月々の定収と言う奴が、歩調を乱しただけ

朝夕決まって、同じ族《やから》と顔を突き合わす
どいつもこいつも、しょぼろりだ
ハンカチの大王、バヴァロッティ
あの偉大なる、テノールで晩酌して寝ろ

緞帳の裏で、泣きべそ顔して踊るなんて
俺の顔に、そんな履歴は書いてない
放下在りて、意気に感ずだ
夕陽が朝焼けに変われば、持ってこいの日

もう、くどくどと何も書き込むな
一日一日は、一枚の紙切れにすぎない！

＊放下　禅語で、捨ててしまえ

隙《すき》あり

むかしは、頭をつかって体で遊んだ
現代《いま》は、金を使って淋しい心で遊ぶ
ぼんくら頭のせいぞろい
くらくらと日が暮れても
小石につまずく暗い夜道は無い

無の旅へ、ごいっしょしましょう
見知らぬ人を、機械でさそう
自殺ごっこがあちこちで流行《はや》るが
ごっこからユーターンした者はいない
いまの世の小石につまずく奴は多々《たた》在り

多訳《たわけ》は、戯《たわ》けがゆえんのはじまり
余分なものが、はばをきかせて
後生《ごしょう》大事が、消えて行く
小石の夜道に恋もできずに……
ハッ、隙《すき》あり、頭の中は砂嵐！

ステージの壁

まるめ込まれるまま鵜呑みで
呼吸して来た×印の日々は
ホリゾントに消し忘れの背景画のように
ぶざまな街路樹の姿だ
どこまで来たのか？
どこまで行けるのか？
先々に立ちならぶのは
幅員減少の立て札ばかり

記憶にない出口からは遠い
入口なんて　何処にも見えない
風が　なでていったあとの沈黙は

小寒い枯れ葉を集めた
湿地のくぼみ辺りで止まっている
もうーどうでもいい処で
軽く手を打ってしまいたい
うす墨色の朝日の下《もと》
この先　どの道　おなじ道
一人旅にささやく風の声が
尻切れとんぼを置き去りにして
道は　そこまで！
始発も　終着駅もない
時刻表の前に　ただ立っている

親はぐれ石

一見　清流の川底には汚泥を背負った
大小の親はぐれ石が泣いていた
のっぺら坊のアスファルト道の角を剝ぎ
一片を投げ込んだなら男に帰って来る
川床の返信にどれだけの時が掛かるのか

苦い断念のままに密かに眠るポケットの
いじらしい赤錆のこの小刀を思いきり
この川床深くつらぬいて見せたなら
とこしえの流れその裏闇の幾重の層から
夥しい迷信と空しい物語が溢れるだろう

刹那を生きるこの国の闇に酷似していて
虚脱した視線を川面が細く紡いで行く
糸の切れた老い凧の男の闇が広がって
北風の衣をすっぽり頭からかぶり
川向かいの農家の灯りに流し目をする

川の闇　男の闇を豪雨が一気に洗い流す
天地異変の天気予報を恋慕している

愛は、島流し

取り分けてと　言う程の理由もないが
鳥分けてもだ　鳥は飛ぶ自由があると
そんなふうに　旅に出てみたくて
胞子まかせのような切符をさがすが無い
鳥　会えず　料金を自由にしてやる
行ける処までで　いい事にして……

故里のような　風景だけ在れば文句はない
性質《たち》の悪い　人間なんて不在を願う
放恣のまま　利欲の形だけを追い求め
〈愛〉を置き去りにした泡の女さながらに
全て　ずたずた　心〈ぎざぎざ〉の人々

抜き差し成らぬ　惨めな結果で……

自然に愛を　なんて臭い物に蓋してか?
天につばき　蓋の効かない失笑だ
大自然から　愛される生き方を島流しで
明日の見えないその日暮らしだなんて
一億　総人　心のホームレスだ
顔のない　改札口に立ちつくす……

夕陽も笑顔

戦争と言う　極貧の汚れ者が立ち去って
父にも　母にも　笑い声がもどってきた
Ｂ29が　どこにもいない秋空のもと
野良で一服中の父に　聞いてみた
俺はどこから　生まれたのだと?
親父は　一寸考えたのちに
白山山嶺の眼下に毅然として立つ
森のしげみを指して　言った
あの青々とした木々の
安らかな一本の股の間からだと……

夕まぐれの野道をゆく木綿の袖につかまって

母にも聞き　親父の答えもついでに言った
おっかぁーは用心深く考えてから言った
戦争中は　兵隊さんに白い飯《まんま》を
たんとたんと食ってもらうためにと
村中《みんな》の人が辛抱に辛抱を重ねて来た
男は「身棒《しんぼう》」を使う元気が有るくらいなら
皆兵隊に来いを　恐れていたと……
木の股からは方便じゃと苦笑い
それから夕陽に向かい　キリリと言った

土からも木からも　人の子は産まれん
ただ自然に恵まれた命と　心にすえりゃ
その身は丈夫で　争いはせぬ！
祖母《ばあ》が教えてくれた　大事な事実《こと》だから
安心　せよと！
こよなく　美しい笑顔であった

あとがきに代えて

満身創痍で、カットバンでは……
効果のない、重傷の地球に詫びつつ！
地位や名誉や権力や、金が有ろうが無かろうが、
終わってしまえば詩人も死人、遠出の旅路にゃ
持てぬ物、生きて見るのは幻ばかり、詩集なん
てのも、あとは野の果、土にでもなれ！

今は、大自然のふところに在る事に感謝して！

著者

宮内憲夫（本名　宮内徳夫）

福井県大野郡石徹白生（のち県越合併により現在、岐阜県郡上市白鳥町石徹白）

詩集『物中記』『惑生までの道程』『おとなの童詩』、詩華集『非歌』、他にアンソロジー等々
日本ペンクラブ、日本文藝家協会、日本現代詩人会、各会員
詩誌「群狼」創刊のち「凬」（土橋治重主宰）同人、
「藪の中」創刊のち「凬の森」創刊同人等を経て現在、「交野が原」会友、「孔雀船」同人

現住所
〒六一〇－〇一一一　京都府城陽市富野高井六〇－八一

地球《ちきゅう》にカットバン

著者
宮内憲夫《みやうちのりお》

発行者
小田久郎

発行所
株式会社思潮社
〒一六二―〇八四二 東京都新宿区市谷砂土原町三―十五
電話〇三（三二六七）八一五三（営業）・八一四一（編集）
ＦＡＸ〇三（三二六七）八一四二

印刷・製本
創栄図書印刷株式会社

発行日
二〇一四年九月二十六日